# LYCÉE DES ARTS.

*Séance publique du 10 Prairial.*

---

# STANCES

## SUR

## L'IMMORTALITÉ DE L'AME ;

### Par Charles DÉSAUDRAY,

Secrétaire - Général et Fondateur du Lycée.

# A PARIS,

Au Lycée des Arts, Jardin Égalité,
Et chez les Marchands de Nouveautés.

---

L'AN 2ᵈ DE LA RÉPUBLIQUE FRANÇAISE,
UNE ET INDIVISIBLE.

*Nota.* Cᴇs Stances avoient été destinées à être adressées à *Chaslier* le jour de l'inauguration de son Buste, donné au Lycée par l'Artiste Beauvallet : la multiplicité des travaux n'ayant pas permis de les lire à cette époque, le Décret du 18 Floréal les a remises à l'ordre du jour.

# STANCES

## SUR

## L'IMMORTALITÉ DE L'AME.

*Alia origo nos expectat, alius rerum status. — Hæc cogitatio nihil sordidum animo subsidere sinit, nihil humile, nihil crudele !*

Seneq., Ep. 103.

Au seul nom de la mort tout frémit et se tait.
De ce dernier instant l'affreuse incertitude,
Toujours à nos côtés assied l'inquiétude ;
A ce triste penser en vain il se soustrait,
L'homme à tous les momens y revient de lui-même ;
Dans le fond de son coeur un sentiment secret
Sans cesse l'avertit, de cette loi suprême
Qu'il faut enfin subir l'immuable décret.
Rien n'en est excepté ! —— Mais au sein de la tombe,
Quand, successivement, tout paroît englouti,
Est-il bien vrai que l'homme en son entier retombe
Dans l'absolu néant dont il semble sorti ?

A 2

Dans la nuit du tombeau, lorsqu'il nous faut descendre,
Ne reste-t-il de nous qu'une insensible cendre ?
Entre la vie et l'homme, au moment qu'il n'est plus,
Les nœuds, du même coup, sont-ils donc tous rompus ?
Voilà pour son repos ce qu'espère le crime !
L'intérêt du méchant est la destruction,
De tout son être il veut l'*annihilation*. . . .
Mais ce soufle æthéré, cet esprit qui l'anime,
Doit-il périr, ou bien le Ciel a-t-il voulu
Le créer immortel ? Homme, ce grand problême,
Si tu veux y songer est déjà résolu ;
Interroge ton cœur et descens en toi-même.

*<sub></sub>*<br>*

Autour de son cercueil, si pour le criminel
Il règne après la mort un silence éternel,
A son aspect, pourquoi d'une inutile crainte
Son ame, malgré lui, ressent-elle l'atteinte?
Que pense-t-il encore avoir à redouter ?
Sa coupable fierté fait en vain résistance,
S'il doute un seul instant, il est jugé d'avance.
De son être après lui, s'il ne doit rien rester,
D'où vient que le tyran, quand son heure s'avance,
Oubliant tout-à-coup sa superbe assurance,
Frissonne au sentiment du honteux souvenir
Que lui garde long-tems un sévère avenir?

Des forfaits dont son ame est sans cesse obsédée,
Lorsqu'il croit en mourant trouver l'impunité,
Il meurt déjà puni, par l'importune idée
De se voir en horreur à la postérité!...
Tandis que l'homme juste, ami de la patrie,
Certain que sa mémoire a droit d'être chérie,
Voit la mort d'un œil sec, l'attend sans s'émouvoir;
Enflammé, soutenu par un nouvel espoir,
Voyant autour de lui couler de douces larmes,
Qui même à ce moment semblent donner des charmes,
Il meurt sans ressentir ni crainte ni douleur,
Et s'endort doucement dans le sein du bonheur.

* *<br>*

Du terrible avenir, si l'idée est bannie,
Qui nous protégera contre la tyrannie?
Le méchant pourra donc tout oser à son gré,
Et le crime est permis dés qu'il est ignoré!
La vertu n'est plus rien qu'une triste chimère,
Dont l'homme, tant qu'il vit, amuse sa fierté;
L'honneur, un faux appas dont la frivolité
Trompe encor son orgueil à son heure dernière.
Si tout s'anéantit à ce terme fatal,
Pourquoi ce cri secret, qui de la conscience
Force les mouvemens à résister au mal,
Tandis que le bien seul emporte la balance?

A 3]

Instinct qui nous conduit , sens intime et caché ,

Juge intègre à nos pas en tout tems attaché ;

Flambeau qui, malgré nous, sans cesse nous éclaire;

Guide sûr et sacré , dont la vive lumière ,

De la nuit de l'erreur perce l'obscurité ! . . .

Eh ! quoi? tu ne serois qu'un funeste prestige,

Qu'un piége adroit, tendu par la Divinité ,

Pour mieux nous abuser et nous trahir! Que dis-je ?

Les Dieux, créant pour l'homme un supplice nouveau,

Contre ses passions le révoltant sans cesse ,

S'armeroient contre lui de sa propre foiblesse ,

Et de son cœur feroient son plus cruel bourreau!

*<sub>*</sub>*

Ainsi, pendant sa vie , épuisant sa constance,

Par le combat des sens et celui du remord ,

Lui montrant la vertu dans cette résistance ,

Ils lui réserveroient, pour toute récompense,

L'affreuse certitude, au moment de sa mort ,

De perdre tout espoir en perdant l'existence! ----

Par ce moyen barbare, en sa férocité,

Le Ciel à nos douleurs auroit donc insulté! . . .

L'impie élève en vain ce monstrueux système,

Il veut le prononcer, mais au même moment,

Sur ses lèvres périt un odieux blasphême

Que repousse le cœur, que la raison dément.

Du poids de ses liens , quand l'ame se dégage ,
Croyons qu'elle termine un trop long esclavage ;
Et que loin de périr en cet heureux moment ,
Là commence sa vie où finit son tourment. ——
Laissons le mécréant , dans sa foiblesse extrême ,
Lui-même se frapper d'un honteux anathême ;
Qu'importe qu'à ses yeux luise la vérité !
Qu'il périsse en entier pour toute la nature ;
Que son ame inhérente à son corps infecté
Des vers , ainsi que lui , devienne la pâture ;
Et qu'avec ses forfaits son nom enseveli ,
Soit couvert pour toujours du voile de l'oubli.

*<sub></sub>*

Mais qu'au sein de la mort , de la philosophie
Comme l'éclair qui fuit , s'éteigne le flambeau !
Que le froid destructeur, qui nous glace au tombeau ,
Anéantisse aussi ce beau feu du génie ,
Qui des arts a produit les prodiges divers ,
Et d'un second cahos a retiré la terre !...
Ah ! de l'astre des cieux que plutôt la lumière ,
Pour jamais se dérobe à ce triste univers.——
Au lieu de dégrader et d'avilir son être ,
Que l'homme ranimé , par un plus noble orgueil ,
Jette , pour s'estimer , et pour mieux se connaître ,
Sur les fruits de l'esprit un rapide coup-d'œil. ——

A 4

L'homme approfondit tout , il n'est rien qu'il n'embrasse!
Dans le vide des airs , il mesure l'espace ! ——
Il soumet au calcul les mouvemens certains
De ces soleils épars dont la voûte æthérée ,
Pour étonner nos yeux , est brillante et parée ! ——
Il semble à son bonheur enchaîner les destins. ——
Il fait vivre la toile. —— Il anime la pierre. ——
Industrieux il cherche au centre de la terre,
Pour les vivifier , d'utiles minéraux ;
Tandis qu'analysant les sucs des végétaux ,
Par eux , à la mort même il déclare la guerre. ——
Il appelle et contient les effets du tonnerre! ——

*<br>* *

Sachant à ses besoins , faire à son gré servir
Chacun des élémens , ou bien à son plaisir,
C'est jusques dans le ciel qu'il va chercher un guide ,
Pour voguer sûrement sur la plaine liquide ! ——
Dans des sens opposés il captive les vents ! ——
Il régle les saisons ! —— Des heures et du temps ,
Par un art merveilleux il fixe la mesure ! ——
Dans ses secrets par-tout il surprend la nature ;
Et sur l'air appuyé , d'un vol audacieux ,
Il s'assied sur la nue et plane dans les cieux ! ——
Ainsi subjugant l'air , le feu , la terre et l'onde ,
Il règne en souverain sur l'empire du monde ! ——

Et dans moins d'un instant, comme un soufle léger,
Dans l'éternel abîme iroit se replonger
Ce principe étonnant, cette immuable essence,
Qui de l'homme à jamais honore l'existence !
Ainsi, de cet esprit qui surprit l'univers,
Il ne resteroit rien !—— consumé par les vers,
Tout Voltaire est passé dans un peu de poussière !
Il n'auroit répandu cette vive lumière,
Qui frappa tant nos yeux, que pour subir le sort
Qu'aux plus vils animaux a réservé la mort !
Non jusques à ce point, avec ignominie,
Ne sauroit s'éclipser le flambeau du génie.

****

Mortel présomptueux, voilà de ton orgueil
Le langage arrogant, me dit un froid sophiste ;
Mécréant par besoin et matérialiste ;
De Voltaire, à ces mots, il m'ouvre le cercueil ;
Vois, dit-il, à quel point la vanité t'égare !
Cherche dans cette fange ; examine, compare :
En vains raisonnemens son esprit s'est perdu ;
Avec son corps, ici, la mort l'a confondu. ——
Tu le fais immortel ! qui donc put t'en instruire ?
Qui donc te révéla ce que nul ne peut voir,
Ce qu'on ne peut tracer, ni même concevoir ?
L'ame n'est qu'un vain mot qu'inventa ton délire.

C'est ainsi que l'impie hautement a parlé,
Et malgré lui, tout bas, il s'est senti troublé.
Il voudroit s'aveugler sur ce qu'il craint d'apprendre;
Mais ce qu'on ne sauroit entièrement comprendre,
On peut le pressentir par les objets connus. ——
Osera-t-il nier ce que le monde atteste ?
Des biens que nous tenons de la bonté céleste
En vain il veut douter, ses vœux sont superflus. ——
Qu'autour de lui, plutôt sa raison attentive,
Examine avec soin : de la nature active,
Qu'il rapproche un moment les étonnants effets ;
Ils vont tout expliquer. —— Interrogeons les faits.

*<sub>*</sub>*

Comparons ce feu pur, qu'on nomme élémentaire,
Qui de l'air et de l'eau seul forme ressorts.
Il réside par-tout ; il embrâse la terre ;
Il donne la chaleur, la force à tous les corps.
Dans le grain enfoui quand s'échauffe la séve,
C'est par lui que se fait la végétation,
Et que bientôt, du sein de la corruption,
Chargé de fruits nombreux l'épi sort et s'élève. ——
Par lui, du minéral le cadavre animé,
Au lieu du froid aspect d'une terre inutile,
Devenu, par degrés, malléable et ductile,
En un métal brillant est soudain transformé !

S'il en est désuni, cette utile matière,

Eteinte au même instant, est remise en poussière! —

Mais ce principe actif, aujourd'hui mieux connu,

Cet agent créateur, ce subtil phlogistique,

Après avoir quitté sa base métallique,

A - t - il péri? Non, non : qu'est-il donc devenu?

Rentré dans tous ses droits sous sa forme première,

Il circule, il agit sur la nature entière. —

D'atômes combinés en rayons divergents,

Des cieux il va remplir les espaces brillants ;

Et du jeu des couleurs frappant notre paupière,

Sous mille aspects divers il produit la lumière. —

*<sub>*</sub>*

En épaisses vapeurs condensé dans les airs,

Il anime la nue et forme le tonnerre :

Et lorsqu'avec éclat venant frapper la terre,

Son globe lumineux précédé des éclairs,

Au foyer général roule et se précipite,

Sans se détruire il est à l'instant répandu

Tout entier dans son sein et rien n'en est perdu!.

C'est ainsi que notre ame, alors qu'elle nous quitte,

Loin de s'anéantir, du principe immortel

Qui créa toute chose allant faire partie,

Libre enfin de ses fers, retourne à l'éternel,

Et rentre dans son sein dont elle étoit sortie!

Sans ce noble penser, nécessaire au bonheur,

Toujours un vide affreux règne dans notre cœur. ——

L'existence n'est plus qu'une source de larmes. ——

Si de l'homme en mourant, la plus belle moitié

Disparoît comme lui, que devient l'amitié ?

Des plus doux sentimens nous perdons tous les charmes.

Eh! pour l'homme, en effet, où sont les vrais plaisirs?

'Un desir satisfait enfante cent desirs !

Quelque chose toujours manque à sa jouissance !

Ah ! si l'on nous ravit la flatteuse espérance,

Pourquoi nous excitant sans cesse à desirer,

Le Ciel fait que jamais nous cessons d'espérer !

*<br>**

Sous ce marbre glacé si tout reste insensible,

D'où vient, au fond de moi, qu'un pouvoir invincible

Au souvenir d'un frère ou d'un ami perdu,

Contre un oubli total à chaque instant réclame,

Et semble un peu calmer mon esprit éperdu ? ——

Eh! qui n'a pas senti ce doux besoin de l'ame,

De se persuader que, même après leur mort,

Ceux qui nous furent chers nous entendent encor !

Que témoins de nos pleurs et de notre tendresse,

Autour de nous errants, ils sont présents sans cesse;

Et que ne doutant plus de notre pur amour,

Ils payent nos regrets d'un juste et doux retour!

Vous l'avez éprouvé , tendre et sensible mère,

Lorsqu'enfin arrachant d'un horrible séjour

Le reste inanimé du fruit de votre amour ,

Vous fûtes lui choisir une place plus chère.

Toutes les fois , hélas ! pour calmer vos douleurs,

Qu'à cet objet touchant de votre peine amère ,

Vous portez à l'écart le tribut de vos pleurs ,

Non , vous n'embrassez point une vaine chimère :

Sa présence y répand un charme involontaire

Dont votre ame en secret éprouve la douceur ;

Et contre votre sein , appuyé sur la terre,

Vous sentez battre encor et palpiter un cœur.

$$\ast_\ast^\ast$$

Même transport m'agite en songeant à mon père!

Je me le peins souvent à son heure dernière. ——

Ne pouvant plus alors me voir ni me parler,

En m'étendant ses bras je le vis m'apeler !——

Au moment d'expirer ma main pressa la sienne ; ——

Il m'entendit!... Sa main est toujours dans la mienne!——

Cette main de mon cœur ne sauroit plus sortir!

Quand ce penser me vient, j'imagine sentir

Que doucement encor elle me tient, me presse ;

Pour m'attirer à lui je la sens me saisir ! . . .

Je ne sais quel espoir se mêle à ma tristesse ,

Mais ma douleur se tait , et je sens du plaisir.

Oui, je le reverrai ! sans douter je l'espère !
Il eut le même espoir. --- Cette conviction
Qui soutient mon courage, à mon cœur est trop chère,
Et répand sur mes jours la consolation. ---
Et vous, Républicain, que la mort nous enlève,
Oui, nous vous rejoindrons !---Mais vous ne verrez plus
*Chaslier*, couler nos pleurs ; ils seroient surperflus.
A la douleur ici nous devons faire trève.
Sur vous nous gémissions vous voyant tant souffrir ;
Vous ne ressentez plus ces atteintes cruelles,
La cause de nos pleurs est éteinte avec elles,
L'amitié, dans ce jour, doit enfin les tarir.

*<sub>*</sub>*

Au-delà du trépas, lorsque nos vœux vous suivent,
Vous servirez d'exemple à ceux qui vous survivent.---
Pour être le témoin de nos tendres adieux,
Vous aviez suspendu votre vol vers les cieux !---
Il en est tems, sortez du sein de ces ténèbres ;
Pour la dernière fois, montrez-vous à nos yeux.... ---
Vous m'entendez !... ---Je vois de ces urnes funèbres,
Votre ame s'élancer vers le séjour des Dieux.---
D'un éternel bonheur allez goûter les charmes,
De nos regrets ici le terme est arrêté :
Sur vous nous n'aurons plus à répandre des larmes,
Puisque votre partage est l'IMMORTALITÉ.

F I N.

---

De l'Imprimerie du Directoire des Arts, quai et près la Maison
des Monnoies, No 1873.